怪談 オウマガドキ学園

春は恐怖の家庭訪問

「下校中の桜並木」

怪談オウマガドキ学園編集委員会
責任編集・常光徹　絵・村田桃香　かとうくみこ　山崎克己

どこかにあるけどどこだかわからない
この世とあの世のさかいめあたり
昼と夜とがまじりあう
オウマガドキは
ふしぎの時間

「春は恐怖の家庭訪問」の時間割

キャラクター紹介	6
オウマガドキMAP	8
1時間目	
始業式	10
花見の約束　時海結以	19
みくるまがえし　小沢清子	28
休み時間「ドキドキ家庭訪問　河童の一平」	38
2時間目	
梅がさいたら　新倉朗子	41
あまい香りのライラック　三倉智子	49
休み時間「ドキドキ家庭訪問　幽麗華」	57
3時間目	
麦畑をたがやす男　岩倉千春	59
五月祭のおどり　杉本栄子	68

4時間目

休み時間 「ドキドキ家庭訪問　バクのクースケ」……77

白椿　常光徹……79

シダの花　斎藤君子……86

給食

うしみつトオル博士の妖怪学講座「妖怪ってな〜に？」……94

ふしぎな薬草　高津美保子……97

5時間目

昼休み 「ドキドキ家庭訪問　雪娘のゆき子」……106

へびとわらび　宮川ひろ……109

猫おどり　望月正子……120

6時間目

休み時間 「ドキドキ家庭訪問　火の玉ふらり」……126

ものいう桜　久保華誉……129

桜の木の下　大島清昭……137

帰りのHR……146

解説

米屋陽一……154

キャラクター紹介

生徒

幽麗華
転校生。クールな性格。

河童の一平
クラスではリーダー的存在。
学級委員。

さとりのサトル
あまりしゃべらないが、
やさしくて人望は厚い。

雪娘のゆき子
クラスのアイドル的存在。

火の玉ふらり
いつもふらふらとんでいて
おちつきがない。

トイレの花子
トイレにすみついている。
親切だが気が強く、うるさい。

牛鬼のウシオ
いたずら大好きガキ大将。
いつも先生におこられている。

魔女のまじょ子
マジョリー先生の娘。
おしゃれ好き。

人面犬助
足がはやい。
時速100キロ以上で走る。

先生

雪女吹雪先生
音楽の先生。
いつもひんやりして
いるので
夏は人気者。

河童巻三校長
第50代の校長。
学園のことはなんでも
しっている。

山姥銀子先生
副校長。生徒をきびしく
しつけることでゆうめい。

マジョリー先生
理科の先生。
魔法の薬の作り方も教える。

鬼丸金棒先生
生活指導の先生。
おこって金棒をふりまわすと
まわりの電波がみだれる。

二宮金次郎先生
妖怪語の先生。
読書とまきひろいが趣味。

春です。広い学園のあちらこちらに、いっせいに春がやってきました。

校門わきの桜は新学期にあわせたかのように満開で、夕ぐれの中、風がふくたび花びらがはらはらちっています。

そんな中、生徒たちが元気に登校してきました。

「見て見て！ こんなにさいている！」

校舎の前にある花だんを見て、座敷わらしの小夜が走りだしました。

「ほんと！ これ、あたしたちが球根をひとつずつうえたのよね」

と、魔女のまじょ子も花だんの前にやってきました。花だんには色とりどりのチューリップがさいていました。

学園の原っぱには、タンポポやスズラン、わすれな草などもさいてい

ます。オウマ川の土手にはツクシが顔を出しています。
さあ、いよいよ新学期のはじまりです。今年度の最初の日なので、学園の講堂で始業式です。
いつもはなかなか会うことのできない雷獣ビリビリ先生や皿屋敷お菊先生などもだん上にせいぞろいしています。
「では、校長先生、ごあいさつを」
司会の二宮金次郎先生の指名で、河童巻三校長が立ちあがりました。
「やあ、みんな元気にしていたかな？ 今年度も仲よく楽しく勉強してすごそうな。さっそくだが、来週は家庭訪問の一週間だ」
というと、

「えーっっ！」
「母（かあ）ちゃんに部屋（へや）をそうじしろっていわれるなあ……」
などと、生徒（せいと）たちがにぎやかになりました。
「今年（ことし）は三年（ねん）に一度の校長家庭訪問（こうちょうかていほうもん）の年（とし）なので、わしもみんなの家（いえ）におじゃまするよ。だれの家（いえ）に行（い）くかはわからんがね」
「あのう、どの先生（せんせい）がだれの家（いえ）に行（い）くか、きまっているんですか？」
人面犬助（じんめんけんすけ）が立（た）ちあがって聞（き）きました。
「さあ、まだきまってないが、これからクジ引きできめるんじゃないかな」
「クジ引（び）きー？」

生徒たちが声をそろえていいました。
「いやいやじょうだんだよ。家庭訪問はみんなのいつもの生活がしりたいだけだから、とくべつなことはしなくていいからね。わしなどは、本校卒業生のみんなのお父さんやお母さんと会うのも楽しみだがね」
そのあと、生活指導の鬼丸金棒先生から、新年度にあたっていろいろ注意がありましたが、生徒たちは家庭訪問のことで頭がいっぱいで、うわの空でした。

花見の約束

時海結以

桜が満開になった土曜日の、お昼すぎだった。年おいた男の人が、わが家をたずねてきた。

ちょうど、妻も子どもたちも出かけていて、ぼくひとりが留守番がてら、会社からもちかえった仕事の書類を、書いているところだった。

「こんにちは。……おや、息子さんですね、ごぶさたしております」

「はい、こちらこそ」

お父さんは
いらっしゃいますか

何度か見かけたことのある、父の友人だ。名前はたしか……広山さん、だった。
「三年ぶりになりますかねえ」
広山さんはにっこりした。
「お父さんはいらっしゃいますか？　会おうと、約束したのですが」
「えっ……父は……」
ぼくは、どうぞこちらへ、と広山さんをおくの部屋へ案内した。父の部屋だ。
部屋のかたすみ、シンプルな仏だんの中に、

ずっと前に亡くなった母のとならべて、父の位牌と遺影がまつってあった。父の好きだった桜もちが、そなえてある。
「昨年の、桜がさきはじめたころに、亡くなりまして……」
広山さんはびっくりして、口を半分あけたまま、声も出ない。
「父は、一年前に、亡くなったんです。最期は病室で、満開の桜を見たがっていました」
ぼくがくりかえすと、広山さんはしんじられなさそうにいう。
「そんな……じつはおとといのお昼前、公園の桜が見える道で、小川さん……あなたのお父さんに、ばったり会ったんですよ。小川さんが、
『ひさしぶりだね。そういえば三年前に花見をしたとき、またしようと

いったきり、ぐあいが悪くて連絡もできず、悪かった』

といっていたので、

『いまは用事がありますが、あさっての土曜日ならあいてますから、いっしょに花見をしませんか』

と約束をしたんです。

お元気になられたと、よろこんでいたのに……するとあの小川さんは、いったい？」

広山さんはそれきり、だまって考えこむような顔になってしまった。

仏だんにお線香をあげて、しばらく手を合わせていたけれど、ぼくのほ

うをむいて、おずおずとたずねた。
「あの……もし、ゆるしていただけるのなら、この小川さんのお写真をちょっとおかりできませんか？　花見をしに、公園へつれていってあげたいんです」
「それはよろこんで。ぼくは仕事をもちかえっていて、おつきあいできず、すみませんが」
仏だんから遺影の写真立てをとってわたすと、広山さんはお礼をいいながら、外へ出ていった。
「夕方にはおかえししますので」と。

そして夕方になった。

西の空が夕焼けにそまりはじめても、広山さんはもどってこない。

「お年よりだから、もしぐあいでも悪くなってたら、たいへんだ」

ぼくが公園へむかえにいくと……。

満開の桜の根もとに、写真立てがふたつならんで立てかけられていた。

ひとつは広山さんがもっていった父で、もうひとつは……広山さん自身の写真だった。

「……えっ？」

なんで、写真立てだけおきっぱなし？

広山さんはどこに？

ぼくがきょろきょろすると、むこうからぼくとおなじくらいの年の女性が、桜の木を見つめながら、まっすぐにぼくに近づいてきた。

ぼくの足もとの写真に気がつき、息をのむ。

「写真が……ふたつ？」

「あの……」

声をかけると、女性はぼくをふりかえった。

そばで見ると、広山さんによくにている。

「もしかして、広山さんの、娘さんですか？」

「はい……」

ぼくは、小川の息子です、と自己紹介した。

広山さんの娘さんは、ぼくにたずねた。

「小川さん、あなたのお父さんが今日のお昼ごろ、うちの父をたずねてきて、昨年の秋に亡くなったとしったら、写真をかりていったんです。どうして、小川さんのお父さんのお写真までもがここに？」

「えっ、広山さん、昨年の秋に亡くなった？」

「なのに、『おとといのお昼前、広山さんとぐうぜん会って、公園で花見をしようと約束した』って、小川さんのお父さんがおっしゃってまして」

「じつは、うちの父も一年前に亡くなりました。父の遺影をかりていったのは、広山さんです」

広山さんの娘さんは目をみはった。

「では……おたがい、幽霊になっても死んだことに気づかず、花見の約束をしたってこと？　そんなに花見がしたかったのね」

ぼくたちは、もうしばらく、ふたつの写真に桜を見せてあげ、くらくなってからそれぞれの家につれかえった。

みくるまがえし

小沢清子

新潟に住んでいるおばあちゃんが、賢の家へ、ひっこしてくることになった。
おじいちゃんが亡くなって、ひとりぼっちになったおばあちゃんを、父さんが心配して、いっしょに住むことにしたのだ。
ひっこしの前に、父さんは賢をつれて、おばあちゃんの家を、かたづけに行った。

父さんがいらないものを、庭に出していると、おばあちゃんも庭にきて、桜を見あげながら、
「越すったってなにもいらないけど、この桜だけはもっていきたいのさ」
父さんはびっくりして、
「じょうだんでしょ。木なんかもってけないよ。かれちゃうかもしれないし、こんな大きな木うつしたら、金もかかるしさ」
「だって、まだ十七、八歳のわかい木だよ。

この桜は、みくるまがえしっていうめずらしい桜でね、おじいちゃんが大事にしてた木だもの。植木屋さんのお金は、わたしが出すよ」
賢は一度も、この桜の花を見たことがなかった。夏休みにしかきてないからだ。

「ねえ、みくるまがえしって、どういう意味?」
賢がきくと、おばあちゃんは紙とマジックペンをもってきて、「御車返し」という字を書いてみせた。
「むかしね、牛車にのってとおりかかった、天皇や貴族が、この桜の花を見て、あんまり美しいので、車をもどしてもう一度見たんだね。それで、みくるまがえしって、名がついたそうだよ」

※牛車…牛にひかせた乗り物用の木の車。

「へえー、花の色はピンク？　それとも白？」

「うす紅色だよ。ふつうの桜よりすこし花が大きくて、紅色がこいようだねえ」

「ねえ父さん、そんなきれいな花なら、うちへうつそうよ。母さんだってよろこぶよ」

おばあちゃんと賢にせがまれて、父さんはしぶしぶ桜をうつすことにした。

木は高さが四メートルくらいで、太さは、二十センチはあるだろう。

それから十日後に、おばあちゃんがこしてきた。桜の木は、植木屋さんが、

「桜をうつすときは、葉が全部おちてからでないと、木が弱りますでな」

と、二か月後の十二月に、うつすことになった。

やがて十二月半ばに、桜の木はものすごく大きなトラックで、運ばれてきた。

庭の真ん中にうえられたが、葉のおちた木の枝も美しい。根もとから一メートルくらいのところで二本にわかれている。そのわかれた木から、たくさんの枝が出ていて、横に広がっていた。ちょうど木の上に、かさの骨を広げたようだ。

桜がきてから、五日目の夜だった。

賢はなかなかねむれなかった。体がだるくて熱っぽい。でも明け方になって、とろっとねたらしい。夢を見た。まくらもとにきれいな女の人がすわっている。桜の花のもようがついた、うすくれないの着物を着ていた。

女の人は、両袖で顔をおおっていた。黒くて長い髪が顔にかかって、

かすかにゆれている。泣いているらしい。

（この人だれ？　なんで泣いてんだろ）

賢が、わけもわからず見ていると、

「どうか、もとへもどしてください。ここでは生きられません。くるしくて……」

女の人はそういった。袖でおおった口もとは見えないのに、賢には、たしかにそう聞こえた。

（もどして……って、なんのこと？）

ぼんやり考えていると、女の人はふっときえた。そこで目がさめた。

頭が重くて、だるい体を、ふとんからはがすようにして、学校へ行っ

ところが賢は、その日の夜、また夢を見た。
（ここはどこ？）
正面に大きな桜の木があって、あたりいちめん、花吹雪だ。
その花びらがちりしいた地面に、またあの女の人が、つっぷしていた。
背中がくるしそうに波打っている。女の人が、顔をあげた。青白い顔で、
「はやく、はやくもどして……」

といったとたん、花吹雪がひどくなって、目の前に幕をひいたように、なにも見えなくなって目がさめた。

二回もおなじ女の人の出てくる夢って……と、賢が母さんに、夢の話をすると、

「えっ……おばあちゃまも、おなじような夢を見たっていってたわよ。このところ、おばあちゃまぐあいが悪いのよ。ひっこしのつかれね」

賢は、おばあちゃんの部屋へ行ってみた。

おばあちゃんは、この寒いのに縁側の戸をあけはなって、庭の桜の木をジッと見ていた。

賢が夢の話をすると、おばあちゃんは、

「そうだってね、母さんから聞いたよ。わたしの見た夢とおんなじさ。体のぐあいも悪かったろ。おなじ夢見たわけがわかったよ」
「どうして？」
「桜の木がくるしいっていってるのさ。土があわないんだろうね。わたしが、木をうつそうっていったから、おなじ夢を見たわけだ。見てごらん、葉がしおれてきただろ。木にもうしわけないことをしたよ。新潟へもどしてあげようね」
　おばあちゃんは、さばさばといった。
　あれから四か月、いま、みくるまがえしは、新潟の家で、みごとな花をさかせている。

梅がさいたら

新倉朗子

むかし、ある北の国にとてもいばった王様がいました。ある日、王様はおふれを出しました。
「わが王家の紋章は梅の花をかたどっている。ゆえにいやしい民家の庭に梅の木をうえて花をさかせてはならん。この命令にそむくものはとらえて絞首刑に処すからしかと心得よ」
さあたいへん、この国は美しい梅の花がさくことでしられており、梅

を愛する人がたくさんいました。でも王様の命令とあればしかたありません。人びとは大事にそだてた梅の木を泣く泣くきるしかありませんでした。

たまたま、あるかわら屋根の屋敷の裏庭に、先祖からつたわるりっぱな梅の古木がありました。その屋敷の主人はだれにもまして梅の花を愛し、ひとり娘に梅の花のようにきよらかで美しくそだつようにと、梅の花を意味するメファと名づけたほどでした。

メファも大きくなるにつれ梅の花が大好きになり、花のさく季節には朝な夕なに、父親といっしょに花をながめては楽しみました。そんなときに王様のおふれが出たのでした。父親からおふれのことを聞かされた

ときはたいへんなショックでした。
「どうかうちの梅の木だけはきらないでください」
といって毎日泣きながらたのむメファを見て父親は思いました。
（あんなに悲しんでいるのだ。人目につかない裏庭にあるのだから、なんとかきらずにのこしてやれないものだろうか。しばらくようすを見てみよう）
この屋敷の梅の木にかぎってゆるされるは

ずはなく、もし王様の命令にそむけばどういう目にあうかわかっています。でも父親は覚悟をきめたのでした。
　国中の梅の木がきられたあとも、メファの家の梅の木は、毎年春のおとずれとともに美しい花をさかせました。しかしひみつをかくしとおすことはむずかしく、いつかは人のしるところとなるものです。メファの家の裏庭に梅がさいているといううわさはつぎつぎに広まって、とうとう王様の耳にもとどいてしまいました。
「けしからん話だ。ただちにしらべて梅の木がのこっているなら、一家のものをとらえて厳罰に処せ」
　王様は役人にしらべにいくよう命じました。役人は兵士をつれてメ

ファの家にむかいました。ところがさいわいなことに、役人たちがついたときは、まだ季節がはやすぎて梅の花はさいていませんでした。それで、はたしてその木が梅の木なのか、よくにた杏の木なのか、見わけがつきませんでした。しかたなく、役人は見はりの兵士をのこしてひきあげていきました。

その日から、メファの家では不安と恐怖の日がつづきました。梅がさいたら一家はおしまいです。みな死刑になるのです。メファは

自分がむりなおねがいをしたため家中のものが罰をうけるのだと、胸がひきさかれる思いでした。

村人たちもあれこれとうわさしました。

「梅の木をきらなかったために家中のものが災難にあうとは、ほんとにきのどくだね」

というものもいれば、

「娘が梅の木と運命をともにするというのだからしかたないさ」

というものもいました。

朝夕梅の木をながめるたびにつぼみがふくらんでくるのを見て、メファはひたすら祈りました。

「梅の木よ、どうかお前に心があるなら、わたしのねがいを聞いておくれ。この春だけは白い花ではなく、薄紅色の杏の花にさいておくれ」

やがて春の光をあびて梅のつぼみはほころびました。メファの祈りがつうじたのでしょう、ある朝、梅の木に薄紅色の杏の花がさいて、あた

り一面にかぐわしい香りをただよわせました。見はりの兵士のしらせで役人がまたしらべにやってきました。杏の花がさいているのを見て、役人はだまってひきあげていきました。

あつまってきた村人たちが口ぐちにいいました。

「なんとまあ、ふしぎなことよなあ。梅の木に杏の花がさくとはなあ」

「ほれ、木は人の気持ちがわかるっていうじゃないか。じゃまくさいと思ってながめりゃ、いつのまにか、かれることもあるよ」

「そうさなあ、娘の思いがつうじたんだなあ」

あまい香りのライラック

三倉智子

　ライラックの花ってしってる？　小さな紫色の花がふさを作り、葉っぱもハート型でかわいいんだ。その花がさいて、あまい香りがただようと北国にもようやく春がきたって実感できる。日本には明治時代につたわってきて、英語のライラックとかフランス語のリラの名前でよばれている。札幌のライラック祭りがゆうめいだけど、中国の北部でもとても人気のある花なんだ。市の花になっていたり、広場や公園にもたく

さんうえられている。中国では古くから自生していて、丁香花(ディンシャンファ)とよばれている。どうしてこうよばれるようになったかっていうとね、こんな話(はなし)がつたわっている。

むかし、仲(なか)のよい夫婦(ふうふ)がいた。そこにひとり娘(むすめ)が生まれた。丁香(ディンシャン)と名(な)をつけて、それはそれはかわいがった。丁香(ディンシャン)はかわいらしくて、素直(すなお)でやさしくて、そしてふしぎなことに、とてもよい香(か)りがした。丁香(ディンシャン)がそっとお母様(かあさま)に近(ちか)づいて背中(せなか)から手(て)をまわそうとしても、お母様(かあさま)はその香(かお)りで気(き)づいてふりむく。

「あら、丁香(ディンシャン)、どうしたの？ こっちにいらっしゃい」

きっとかくれんぼなんかできなかっただろうね。とても仲のいい家族だったのに、なんと丁香が三歳のときにお母様が亡くなった。
お父様は、ひとりでは丁香をそだてきれず、再婚した。二番目の母親も、最初は丁香をそれなりにかわいがった。ところが自分の娘が生まれると、とたんに丁香がじゃまになった。丁香が八歳のとき、なんとしたことか、お父様まで亡くなってしまった。
ひとりのこされた丁香はそのときから下ば

たらきの仕事をすべてやらされた。朝はやくから水くみに行ったり、家中のそうじ、せんたく、すべてこなした。母親からはね、

「なにをぼやぼやしているんだ。まだまだ仕事は山とあるんだよ」

と毎日毎日どなられ、こづかれた。

ろくにご飯ももらえず、着るものといったらぼろぼろの服。それでも美しくそだち、ふしぎなことに、あいかわらずいい香りが立ちのぼっていた。妹はなにひとつはたらこうともせず、おいしいものを食べ、きれいな服を着ていた。でもね、どういうわけか、とってもみにくかった。年ごろになってもだれも結婚のお世話をしてくれず、母親もあせっていた。ある日、町をひとりのわかものがとおりかかった。母親は思った。

美しい♡

（よし、このわかものを娘のむこにしよう）
たくみな言葉で家の中にひきいれ、実の娘に会わせた。わかものは家に入ったものの、みにくい娘を見て、早そうに立ちさることにした。そのとき、お茶をもってきた丁香とぶつかりそうになった。お茶をこぼし、しゃがんだ丁香から立ちのぼるあまい香り、そしてこちらをむいたその顔は仙女のよう。わかものは思わずつぶやいた。
「こんな美しい娘と結婚できたらいいのに」

もちろん、そんな言葉を聞いた母親がゆるすわけもない。丁香を大声でどなりつけているあいだにわかものはそっとにげだした。

わかものがにげさったことに気づいた母親と妹はいかりくるった。いままで以上に丁香につらくあたり、自分たちがつかれはてるまでいためつけた。

体中あざだらけになり、痛みにたえられなくなった丁香は気をうしなった。夜中、ふと気づくと、亡くなったお母様が丁香の体をていねいにぬぐってくれていた。お母様の手のぬくもりは丁香の傷の痛みをとりさった。

「ああ、お母様、お母様」

丁香の口もとには小さなほほえみがうかび、そのままお母様のもとへと旅立った。

翌朝、いつもの水くみ場で丁香と会わなかった近所の人たちが心配して、家にようすを見にきた。かわいそうに丁香は、いつもねているたきぎ小屋で息たえていた。

家中をさがした。しらんぷりする母親と妹に業をにやし、みな泣きながら丁香のなきがらをとむらった。するとその場所からつぎの年には小さな芽が出てきた。あれ、と思っていると、やがてハート型の葉っぱが出てきた。みなは、

「ああ、きっと丁香のやさしい心があらわれたんだ」

と口ぐちにいった。やがて春になると小さな紫の花がさきはじめ、いい香りがあたりにただよった。
「ああ、この香り！　ほら、丁香花とおなじじゃないか」
いつのまにかこの花は丁香花とよばれるようになり、長くきびしい冬が終わり、春のおとずれをつげる花となった。
でもね、みんな大好きな花で広場にはたくさんうえたけど、あの丁香のようなかわいそうな娘が二度と出ないよう、けっして自分の庭にはうえなかったんだって。

麦畑をたがやす男

岩倉千春

むかし、イギリスのある村に大きな農家があって、広い麦畑をもっていた。はたらきものの三人の息子たちがいたが、それだけでは手がたりず、主は畑仕事のために何人か人をやとっていた。

ある年の冬、この農家は大きな不運にみまわれた。息子たちがつぎつぎに病気で死に、あかるく元気だった奥さんも亡くなった。使用人たちも病気になってやめてしまい、主はひとりきりになった。

「春も近いというのに、どうしたらいいんだ。そろそろ畑をたがやさないと」

新しい使用人をやとおうとしたが、いい人が見つからない。このあたりでは、仕事をさがしている人は、春先の市ではたらき口を見つけるのがならわしだった。それをすぎてしまうと、使用人を見つけるのはむずかしかった。

そうこうするうち、ほかの農家は畑をたがやしはじめた。よその畑を横目で見ながら、

主は気ばかりあせって、ある日のこと、家の戸口にたって、ふとこんなことを口にした。

「種まきの時期にまにあわないぞ。もうこうなったら、だれでもいいから、目の前にきた人をやとうことにしよう」

すると、ひとりの男が道を歩いて、家の前までやってきた。

「あんた、どこへ行くんだい。うちの畑ではたらかないか」

「いいですよ。条件さえあえばね。ちょうどはたらき口をさがしていたところです」

「今日から麦のとりいれの日まではたらいて、いくらほしいかね」

「柳の枝一本でたばねられるだけのかわいた麦をもらえれば」

「それだけでいいのか。じゃあ、きまりだ。今日からうちではたらいてくれ」
主は男を自分の畑につれていった。広い畑が三か所ある。男は畑を見たあと、森へ入っていって木の枝を切って三本の棒を作り、三つの畑のすみに一本ずつさした。
「おれがひとりで全部たがやすから、だんなはなにもしなくていいですよ」
男はそういった。ところが、そのまますぐ家に帰ると、その日は一日なにもしない

でぶらぶらとすごした。

つぎの日も、そのつぎの日も、朝はやくに男は畑へ出ていったが、すぐに帰ってきた。それが何日もつづいたので、主はだんだん不安になってきた。

「いつになったら仕事をはじめるんだ。よその畑は、もうあらかたたがやしおわっているぞ」

「土が目をさましたらはじめます。うちの畑は土がまだおきてない」

「そんなこと、どうしてわかるんだ」

「棒でわかるんです」

ふしぎに思った主は、つぎの日の朝、こっそり男のあとをつけていっ

た。男は畑のすみの棒をひきぬくと、地面にささっていたほうを鼻にあてた。そして、首を横にふると、棒をまた地面にさした。それからつぎの畑に行き、三つ目の畑でもおなじことをして、家にもどった。

つぎの日の朝、男は畑へ出て棒をぬいて鼻にあてた。そして全速力で家にもどるなり、馬をつれ、からすきをもって畑へひきかえした。

「馬たちに、引き綱に、元気いっぱいの小僧たち、土がおきたぞ、めざめたぞ」

男は大きな声でそういって、ものすごいいきおいでたがやしはじめた。

日がくれるころには、たったひとりで三つの畑全部をたがやしたばかりか、種をまいて土をならすところまで、すっかり終わっていた。

主は大満足。よその畑とおなじくらいはやく麦まきが終わったので、主はいい使きげんだった

そのあとも男はどんな仕事もはやく上手にこなしたので、主はいい使用人をやとえたとよろこんでいた。

秋になって麦をかり、納屋に入れる時期になった。

「もう十分かわいたな。納屋へ入れよう」

男はそういって、森へ行くと、柳の枝を一本きってもどってきた。そ
れを畑において、その上に麦の束をつぎつぎつみあげた。どんどんどんどんでいくと、麦はいくらでもつみかさなって、畑にある麦の束が

「その前に、手間賃をはらってもらいますよ」

あらかた柳にのってしまった。
「ちょっと待て。これはいったいどういうことだ」
主はおどろいてそういった。だが、男はとりあわずに柳をむすんでひとまとめにした。
「柳の枝一本でたばねられるだけのかわいた麦をもらうって、最初にきめたじゃないですか」
このままでは自分の取り分がなくなってしまう。主は大あわてで祈るようにこういった。

「時期を見て種をまき
時期を見てパンを焼き
時期を見てかりとった
そのわたしの取り分を
柳の枝一本でとられることがないように
時期をさだめた神様におねがいします」
神様という言葉が出たとたんに、柳の枝がバチンと大きな音をたててはじけた。麦の束は畑中にちらばり、男は、白い霧になって、すっと空にきえてしまった。

五月祭（ごがっさい）のおどり

杉本栄子（すぎもとえいこ）

ドイツでは、長（なが）くくらい冬（ふゆ）が終（お）わると、人（ひと）びとは心（こころ）から春（はる）のおとずれをよろこび、美（うつく）しい季節（きせつ）を楽（たの）しむ。四月（がつ）の終（お）わりごろ、家（いえ）のまどべには、白樺（しらかば）やカシの木（き）の若枝（わかえだ）をかざる。

五月一日（がつついたち）には、町（まち）や村（むら）の大（おお）きな広場（ひろば）に、白樺（しらかば）やカシなどの大（おお）きな木（き）が立（た）つ。これはマイバウム（五月柱（ごがつばしら））といって、上（うえ）の方（ほう）には花輪（はなわ）や色（いろ）とりどりのリボンがかざられる。

ケンの住む南ドイツの小さな町の広場にも、カシの木が立てられる。民俗衣装に着かざった娘やわかものたち、コーラス隊やブラスバンドの行列が、町の広場に到着すると、五月祭のはじまりだ。

ケンは毎年遊び仲間といっしょに、その行列についてまわる。一年で一番楽しいときだ。

「もうすぐ木の下でおどりがはじまるよ」

「今年はぼくらもいっしょにおどろうよ」

「うん、思いきり、楽しもうぜ」

広場につくと、もうたくさんの人があつまっていた。
「でも、なんで、ぼくらの町ではこの祭りを〈七人のおどり〉っていうのかな。意味がわからないよ」
とケンがつぶやくと、マティアスがこういった。
「ぼく、〈七人のおどり〉って詩を聞いたことがあるけど、それと関係あるのかな」
すると、そばにいた町一番のものしりじいさんが、ふたりに話しかけてきた。
「そう、この祭りは〈七人のおどり〉の詩の中で歌われているとおりさ。いまはもう、この詩や祭りのいいつたえを、思いだすものはいないよう

だね」

おじいさんは、「ずっと、ずっとむかしのことだよ」と、ふたりを相手に話しはじめた。

「マイン川流域が伝染病におそわれて、このあたりはほぼ全滅してしまった時代があったんだよ。そうペストさ。きみたちもしっているだろう。むかしはこいつにとりつかれたら、どうしようもない。この町はまだ小さい村だったが、どの家の入り口にもワラの束がつるされた」

「え、ワラって、麦ワラのこと?」

「ああ、ワラには悪い霊をとめるふしぎな力があると、みんなしんじていたからね、だから、そうしてペストが家に入ってこないようにしたの

さ。でも、あまり役に立たなくてね、村は死んだようにしずまりかえって、外を歩くものもいなくなった」

「え、みんな死んじゃったの」

というふたりの声に、おじいさんは首を横にふった。

「いいや、ある日、ある男が勇気を出して死人であふれている小道に入ると、黒い布をまとった女が見えた。そいつは小道から出て村のさかいの方にむかうと、ふっときえた。男は(あ、これは長いあいだ、あれくるったペストの霊にちがいない。これで、やっとおそろしい伝染病が終わる)って思ったそうだ。それからほんとうにペストは終わったが、生きのこったのは八人だけ、わずかに男が八人さ」

（たったの八人だけ……）
ふたりはため息をついた。
「八人は村をきれいにして、死者を埋葬して、村の中にのこった財産をたがいにわけあって、それから家をたて、家族もふやした。夢中ではたらいて、村のくらしを豊かにした。男たちの評判は遠くの村にまでしれわたり、まわりの人びとから「八人衆」とよばれるようになった。そして年をとるにつれて順じゅんに亡くなって、しずかに人生を終わらせた」

(それがいまの町か)

とケンとマティアスはうなずいた。

「最後のひとりが亡くなるとき、臨終の床に七人の息子たちをよんで、大きな財産をみな平等にわけあたえて、こういったんだよ。『この町がペストにおそわれた、くらい時代をわすれてはいけない。きびしい冬のあとにおだやかな春がくる。花がさき、新緑が芽ぶき、新しい勇気がわいてくる。われわれがペストの恐怖から生きのこったことを感謝して、毎年五月一日に森から一番いいカシの木をきってきて、町の真ん中に立てなさい。そして村の人びとみないっしょに、木のまわりで楽しくおどりなさい』ってね。それで、七人の息子たちはその言葉をまもって、毎

年マイバウムを立てることにした。その習慣が仲間から仲間へとひきつがれたのさ」
そこでおじいさんはひと息入れると、こうつづけた。
「かざりのついた木のまわりでおどるのは、春がきた喜びや楽しみだけではない。おそろしい時代のことを思い、新芽から生きる力や希望をもらっていることをわすれないためだよ。さあ、これからは、きみたちが〈七人のおどり〉の物語を、みんなにつたえておくれ」
音楽が聞こえ、カシの木のまわりでは、人びとがおどりはじめた。

バクのクースケの家　河童巻三校長先生

家庭訪問は無事終了！

では

ありがとうございます

校長先生ぜんぶ食べてくれたわ～

あなたの好きな人間の悪夢で作ったケーキ！

え…

先生先生だいじょうぶかな……

その日の夜

たすけて〜

う〜〜ん

う〜ん

あなた、だいじょうぶ？なんかへんなもの食べた？

白椿(しろつばき)

常光　徹(つねみつ とおる)

むかし、あったそうな。
春(はる)の昼(ひる)さがり。村(むら)の年(とし)よりたちがお堂(どう)にあつまって、庭(にわ)の白椿(しろつばき)をながめておった。
「今年(ことし)も、見事(みごと)な花(はな)をつけた」
口(くち)ぐちにほめそやしているところに、旅姿(たびすがた)の娘(むすめ)が入(はい)ってきた。
「休(やす)ませてもらって、よいでしょうか」

「さぁさぁ、休んでいきなされ。どちらからきなさった」
「ひさしぶりに、帰ってまいりました」
「帰ってみえられたと。はて、どこの娘さんかの？」
八十になるばあさんが首をかしげた。
「生まれた家はとうにありません。村のながめもすっかりかわりました。
でも、名主さまのお屋敷はむかしのままですね」

年よりたちは、キツネにつままれたような顔で、目をしばたかせた。
「椿もこんなに大きくなって」
娘は、なつかしそうに白椿を見あげた。
「この椿をしっておるのか」
「はい、村を出るときにわたしがうえたものです」
「ばかなことをいうでない。これは二百年たつという椿ぞ」
「娘さんは、いくつじゃ」
年よりたちは、あきれはてたように笑った。娘は気にするでもなく、ほほえんでいたが、ひとりのじいさんがぼそりといった。
「お堂の白椿は、村で生まれた娘が、ここを出ていくときにうえたもの

だという話を聞いたことがある」
「その娘のことであろう。わしのじいさまも語っておった。むかし、ふしぎなものを食って、八百年も生きることになった娘がいたそうじゃ」
年よりたちは白椿にまつわるいいつたえを語りはじめた。だれかが、
「その娘は、いまごろどうしておるかの。まさか…」
といいかけて、旅の娘を見た。
「その、まさかの娘がわたしです」
おどろきともため息ともつかぬ声が広がった。年よりたちは、しんじられぬという目で娘を見た。しかし、むかしの話を聞いているうちに、二百年前に村を出た娘にちがいないと思うようになった。

「ところで、ふしぎなものとはいったいなにを食べたのかい」

お茶をつぎにきたばあさんがたずねた。

娘は、とおいむかし、父親から聞いたこんな話を語った。

ある日、父親は村の仲間とともに、となり町の老人の家にまねかれた。

海の見えるりっぱな屋敷だったという。

座敷にあがると、ごちそうがならんでいた。すすめられるまま、食ったりのんだりしていたが、便所に行きたくて席を立った。ろうかのとちゅうで台所をのぞくと、まな板の上に、魚のようだがどこか人の姿ににたものがのっている。

きみ悪く感じた父親は、座敷にもどると仲間にそっと耳うちした。ま

もなく、老人があらわれ、とてもめずらしいものだといって、皿にもった料理を出した。
しかし、だれもはしをつけない。めずらしいのでぜひみやげにいただきたい、そうたのんで、みやげにもらって家を出た。
仲間のものは、帰り道ですててしまったが、父親だけはなぜかもちかえって、戸棚のおくにしまっておいた。
「それを子どものわたしが見つけて、食べてしまったのです。じつは、ひと口食べると、

数百年のあいだ生きつづけるという人魚の肉だったのです」

娘はさみしそうにいった。

十八の年までは村の娘たちとおなじように成長したが、その後は年をとることがなく、いつまでも十八のままの若さ。やがて、親も亡くなったため旅に出たのだという。

語りおえると、

「もう村に帰ってくることもないでしょう。この白椿がかれたときが、わたしの命が終わるときです」

そういいのこして、旅立っていったという。

シダの花

シダという草には花がさかない。だから、種ができない。葉っぱの裏にブツブツした胞子というのがならんでいて、それが四方にとびちり、地面におちてふえる。ところが、めったにないことだけど、ほんの一瞬、花をさかせるシダがある。シダの花がさくのは、復活祭の夜の十二時きっかりなんだ。復活祭というのは、春分のあとにくる、キリスト教の一番たいせつな祝日で、イエス・キリストの復活をお祝いする日なんだ。

斎藤君子

「復活祭の晩、シダの花を見つけて手に入れることができれば、一生苦労しらずで、しあわせにくらせるんだが……」

村の年よりたちは祭日によりあつまるとよくそんな話をしている。だけど、復活祭の晩に森へ行ってシダの花をさがしまわった人は何人もいるが、シダの花を手に入れた人はまだだれもいない。

シダの花をさがしに行くときは、だれにもいわず、たったひとりで森までだまって歩い

ていかなければならない。それも、ふつうに前をむいて歩いてはいけない。後ろむきに歩くんだ。後ろむきに歩くと、ついふりかえりたくなるが、そんなことをしたらおしまいだ。シダの花には出あえない。

この春、ぼくはついに心にちかった。

「復活祭の晩、ぼくはシダの花をさがしに行くんだ！　ぜったい、このぼくがシダの花を見つけてやるんだ！」って。

そして、その復活祭の晩がきた。ぼくは計画していたとおり、ひとりでこっそり家をぬけだした。もちろん、パパやママにはないしょだ。ぼくの家から森の入り口まで、ふつうに歩けば三十分だ。ぼくは家の前の道に、森に背をむけて立ち、大きく深呼吸した。

88

「よし、行くぞ！」

　ぼくは気合いを入れて足を一歩、後ろにゆっくりふみだした。道からはずれないように慎重に、一歩、一歩、歩いた。真夜中の十二時まで、まだ時間はたっぷりある。あせることはない。ゆっくりと慎重に歩いて、やがて森の入り口にやってきた。
　森の中に入ったら、もうだいじょうぶ、どっちをむいてもかまわない。ぼくはくるりとむきをかえた。そして、うねうねまがりな

がら森のおくへとつづいている、一本の小道を歩きだした。目をこらしてあたりをキョロ、キョロ、見まわしながら、ぼくは歩いた。

しばらく行くと、ふいに頭の上から「ホッホー！」と大きな声がふってきた。ぼくはギクッとして頭上を見あげた。すると木の上にまんまる大きな目がふたつならんで、下をじっと見つめていた。

「なんだ、フクロウか。びっくりした！ それにしても、フクロウはあんなむつかしい顔をして、いったいなにを見ているんだろう？」

そう思ったぼくは、フクロウが見ている方に目をやった。すると、大きなカシの木の根もとのあたりがぼんやり光っているように見えた。

「おや、あれはなんだろう？」

ぼくはカシの木の根もとを見つめた。
「シダだ！　シダの葉の裏から光が出ているぞ！」
ぼくはあわててカシの木の根もとにかけよって、地面にしゃがみこんだ。そして、光っているシダの葉の裏をのぞきこんだ。
「あった！」
葉の裏に赤くてまるい、小さな玉のようなものがついていて、くらやみの中でキラ、キラ、光っていた。その小さな玉はまるで燃えているようで、そのあたりだけがくらやみの中にぽっかりうかんでいるように見える。
「やった！　シダの花だ！　シダの花を見つけたぞ！」

ぼくはうれしさのあまり心の中でさけんで、その赤い花に手をのばした。その瞬間、赤い花がまるでシャボン玉のようにパチンとはじけ、夜空にちった！

「アアー！」

ぼくはただぼうぜんとして、その場にへたりこんでしまった。

気がついたときには、あたりはふたたびやみにすっぽりとつつまれていた。こうしてぼくの夢は一瞬にして夜空にちった。
あのとき、ぼくがあのシダの花を手に入れていたら、勉強だって、スポーツだって、なんだって思いどおりになったのに……。一番になれたのに……。それにお金だって、ほしいだけ手に入ったのになあ。でも、このことはないしょだ。ぜったい、だれにも話すものか。ぼくだけのひみつにしておくんだ。どうせ話したって、「夢でも見たんだろう」って、笑われるだけさ。

うしみつトオル博士の妖怪学講座

第1回「妖怪って な〜に?」

フォッフォッフォッ……。

きみたちは妖怪をかぞえる単位をしっておるかな？
妖怪を研究する民俗学という学問では、「種目」という単位をつかう。
運動会といっしょだな。

では、なぜ種目なのか？ それには妖怪とはなにかを説明しなければならない。

みんなは「妖怪」と聞くと、河童、鬼、天狗のように、キャラクターを思いうかべるだろう？

一般的な妖怪

ふしぎな薬草

高津美保子

ドナウ川ぞいのある村に、水車小屋があった。粉屋をしていたが、だんなさんは一年ほど前に病気で亡くなり、あとにはおかみさんと娘がのこされた。

その後おかみさんは体をこわして、ねたりおきたりになり、家のことや母親の世話は十二歳になる娘のマリーがやっていた。

村の人たちがかわいそうな親子のためになにかと手助けしてくれたが、

母親の病気がよくなることはなかった。
ある日のこと、マリーは最近村にやってきた医者のうわさを聞いた。なんでも薬草でとても助かりそうもない人の病気をなおしたというのだ。
それを聞いたマリーはなんとか母親をなおしてもらいたくて、すぐさま母をつれてその医者をたずねた。医者は患者をしんさつしたあと、娘の目をのぞきこんでいった。
「きみはお母さんを心から愛しているね。愛があれば、お母さんを助けられるかもしれん。きみが勇敢でわしのいったとおりにすると約束するなら、方法を教えよう」
マリーは約束しますとちかって、その医者からふしぎな薬草を手に入

れる方法を聞いた。

そして、まだ雪ののこる晩、満月が真夜中の空にかかったとき、マリーは小さなかごをもって森に出かけた。

マリーはなだらかな丘をのぼりおりし、小川をわたり、医者からおそわった目印をたしかめながら森の中の空き地にやってきた。そして必死に指示された場所をさがしたが、薬草は見つからなかった。

マリーはだんだんつらく悲しくなって、こけの上にうずくまって泣きはじめた。

そのとき、森からひとりのおじいさんがあらわれた。そのおじいさんは、白いフードつきコートのベルトに銀の鍵束をつけ、ゆっくりとマ

リーの方に歩いてきた。
「こんなに寒くておそい時間に、ここでなにをしているのかね」
おじいさんはやさしくたずねた。
「母さんの病気をなおす薬草をさがしているのだけど、見つけられなくて……。まだ山の野草は芽も出てないみたい」
と、マリーはすすり泣きながらこたえた。
「心配ないさ。きみはよいときにきた。わしが案内してやろう。さがしているものが手に

入るさ」

　マリーはおじいさんのあとをついて、森を歩いた。まもなくふたりは大きな岩の門についた。

　おじいさんは岩の門をあけ、せまくてうすぐらいトンネルを進んでいったが、あたりはだんだんにあかるくなってきて、うすあかりの中に、花がさきみだれ、きらきらかがやくすばらしい光景がひらけてきた。

　さらに大理石の階段をのぼり、花園やテラスなどを横ぎり大広間についた。

　その大広間の真ん中の金の玉座には、宝石をちりばめた冠をかぶった美しい女王がいて、たくさんの妖精やこびとたちにかこまれていた。

女王はマリーにむかって、なにかこまっていることがあるのかとたずねたので、マリーは、話しはじめた。

「母さんの病気をなおしたくて、ふしぎな薬草をさがしにきたのですが、どうしても見つかりません。どうか、助けてください」

女王は、やさしくうなずくといった。

「母さん思いの子ね。心配はいりません。それより、まずあなたが元気になるのが先よ」

女王が目くばせすると、青や赤の服を着たこびとたちがすばらしいごちそうを運んできた。

それを見ると、マリーは急におなかがぺこぺこだったのを思いだした。

食事が終わると、女王は娘のかごにたくさんの薬草をつめて、それからたずねた。
「マリー、ここは気に入った?」
「はい、ここはたくさんの花にあたたかな光そそぐ春の国のよう。こんなにきれいな場所は見たことがありません」
「じゃあ、ずっとここにいなさい。おまえはわたしの娘となり、のぞむものはなんでも手に入れられるわ。ただし、母親や水車小屋のことはわすれるのよ」

「だめです。とんでもありません。あなたはわたしによくしてください ました。感謝していますが、ここにいるわけにはいきません。どうか、わたしを母さんのところに帰してください」

「本気なの？」

「はい、どうか母さんのところに！」

そのとたん、大きな雷鳴がとどろき、あたりはやみにつつまれた。マリーは遠くから妖精の女王の声を聞いた。

「さようなら、マリー。しあわせにおなり！ よき精霊たちがお前をまもってくれるように！」

気がつくと、マリーは村にいた。そして水車小屋が見えたので、いそ

104

いで走りだすと、家の前で母親が元気に出むかえてくれた。
「母さん、どうしてこんなに元気になったの」
とたずねると、マリーの留守中に妖精が薬草をとどけてくれたという。手にさげたかごを見ると、中には薬草のかわりに、金やダイヤモンドが入っていた。

猫おどり

望月正子

お花見の季節が近づいてきた。

和菓子の老舗「さくらや」では、草もちや桜もちのほかに、クリーム入りの和菓子も評判で、なかなかいそがしい日がつづいていた。

ひとり娘の福子は、春から中学二年生になる。

お菓子を作るのは、三代目の祖父が亡くなってからは父ひとり。母はお菓子作りを手つだいながら、お店にも出る。祖母は店を手つだいなが

ら、食事を作る。だから福子は、勉強と部活をがんばりながら、洗濯物をとりいれてたたむというお手つだいをする。だけど、福子が生まれるずっと前からかっている黒猫のボスだけは、一日中陽だまりをさがしてはねむりこけている。もうおばあさん猫なのだ。

福子は、一日に二回、ものほし台にあがる。店は清潔第一だから、毎日仕事場でつかったふきんや父たちがつかう手ぬぐい、作業着などは、その日のうちにあらってほす。朝ほす洗濯物もあるから、二回とりいれるのだ。

ある日、福子は手ぬぐいをとりいれていて、

（あれっ、わたしのがない）

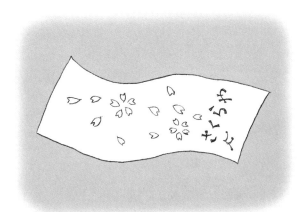

と気がついた。
ピンクの桜の花びらがまい、「さくらや」の文字をそめぬいた、さくらや自慢の手ぬぐいだ。お得意さんにくばったり父が頭にまいたりする。かわいいので福子ははしにイニシャルを刺繍して、汗ふきやハンカチがわりにしている。父や母、そして祖母も、それぞれ目印をつけているので、まちがうはずはないのだけど。気になって、店のかたづけが終わったあと、洗濯かごにほおりこまれた手ぬ

ぐいをしらべてみた。やっぱりない。しかたなく新品をおろしてもらい、イニシャルをしっかり刺繍した。

つぎの朝、「わたしの手ぬぐいしらないかね」と祖母がいいだした。

「えっ、風で庭にとばされたのでは？」

母にいわれ、庭をくまなくさがしたけれど見つからない。ほかの洗濯物に異常はないのに、つぎの日には母の手ぬぐいが見あたらなくなった。そして、つぎの日も一枚きえた気がする。

「まさか、手ぬぐいだけぬすむどろぼうなんて……」

その日から、ほした手ぬぐいをかぞえておき、とりいれるときたしかめると、やはり一枚たりない。そしてそのつぎの日も一枚……。

「たかが手ぬぐいだが、きみが悪いな。だれか、ひと晩ものほしを見はってみるか？」

と、父がじょうだんをいった。

ある夜、おそくまで本を読んでいた福子は、いつのまにかいねむりをしていたらしい。はっと目をあけるとまどの外を白いものがふわっとおりぬけた気がした。

（えっ、なに？……さては手ぬぐいどろぼう？）

思わず福子は庭へ走った。

ちょうど白いものがふわふわと庭を出ていくところだった。どろぼうにしては背が低すぎる。地面すれすれだ。白いものはなんだかはずんだ

ように、細かく上下している。
福子はこわさもわすれてあとをつけていた。まもなく裏道に入った。田舎町のここらでは、表通りを一本入るとどっとくらくなる。福子はちょっとひるんだが、白いものはますますはずんで、すこしはなれた一本松の方へかけていく。

つられて行くと、一本松広場のあたりから、ニョゴニョゴガヤガヤ話し声が聞こえる。

(あれ、町のお兄さんたちの、桜祭りの準備かしら……)

と、近づいてみると、たくさんの猫が輪になってすわり、

「お師匠さん、今夜はおそかったわねえ」

なんてしゃべっているではないか。そういわれて腰をふりふり真ん中に入ってすわったのは、手ぬぐいを頭にのせた黒猫……。

「あっ。ボスだ!」

すると一匹の猫がいそいそと近づいて、

「お師匠さん、今日はわたしが手ぬぐいもらえるのね。これがなくちゃ」

と、ふわりとうけとった手ぬぐいで姉さんかぶりをした。
よく見ると、ほかにも手ぬぐいで鉢巻をした猫、肩にかけている猫も何匹かいる。その手ぬぐいには、見おぼえのあるピンクの桜の花びらが……。

（あ、あの手ぬぐい、お店の？　へー、うちのボスがお師匠さん？　すると、手ぬぐいどろぼうはボスってこと？）

「さあ、おどりのおけいこ、はじめましょう」

ボスは、チチントン　シャンと、口三味線で歌いながら、くにゃくにゃとおどりだした。

猫たちもさっと立ちあがり、ボスにならって、チチントン　シャンと

あわせて歌いおどる。

福子は思わず笑ってしまった。そしてそーっと家にもどり、つぎの朝家族に話した。ボスはあいかわらず、部屋のすみでねむりこけている。

「猫は歳とるとばけるっていうけど、まさかね。夢でも見たんじゃない？」

といわれたが、その夜家族そろって見にいくと、やっぱり猫たちが歌いおどっていた。

チチントン　シャン……

と、ボスも真ん中で、手ぬぐいを頭にはらりとかけておどっていた。

「ねっ！　ボス、かっこいいでしょ」

やがて、一本松の猫のおどりはうわさになり、町の人たちが見物に出かけるようになった。すると、ぱたっと猫たちがあつまらなくなった。
そして、さくらやからボスもきえた。

へびとわらび

宮川ひろ

むかしむかし、大むかしの話だ。

ふかくつもっていた雪も土にしみこむようにとけて、おてんとさんが春をよんできてくれました。あたり一面いっせいに緑の芽をもえたたせています。

そんなあたたかい日に、冬眠からさめたばかりの小さなへびが、草の芽のすきまから顔を出して……。ぽかぽか陽気がうれしくて、ねぼけま

なこで谷から林から野原へとすべるようにごきまわっていたのですが……。
あんまりうごきすぎてつかれたのでちょっとひと休みと思ったら、とろとろとそのままねむってしまったのです。
おてんとさんはあたたかくぬくめてくれるし、草の芽はやわらかくつつみこんでくれました。
へびはそのままぐっすりとねむりこんでしまって、おてんとさんがしずんでも、夜になっても、夜があけても、つぎの日になっ

ても、またつぎの日になってもねむったまま……。どれほどねていたことになるのでしょうか……。

何日もねむっていたへびの体の下から、チガヤが芽を出してのびてきたのです。チガヤはとがった頭で、かたく細いはっぱでぐんぐんとへびの腹をつきあげてきました。

そのうちにチガヤはつんつんとのびて、へびの腹から背中までつきおしてしまったからたいへんです。その痛さでやっと目がさめたへびは、たまげたともたまげたとも。

「助けてくれ！　助けてくれ！」

と、大きな声で泣きさけびました。そのとき、

「へび、へび、あんまり泣くでねえぞ。おれが助けてやるでなあ、もうちょっとだけしんぼうしろよ」

と、土の中からやさしい声が聞こえてきたではありませんか。そしてへびのおなかの下からチガヤとならんで、やわらかいまるい芽が何本も何本も何本も、むくむくと頭をもちあげて、へびの腹をぐんぐんとおしあげてくれたのです。その芽におしあげられてへびの体が五、六センチももちあがる

と、いままでささっていたチガヤの芽がぬけて、へびはほーっと息をはきました。

よくよく見ると、わらびの芽が土の中からのびてきて、へびの命を助けてくれたのでした。

それからです。へびが人に悪さをしようとしたときは、

「わらびの恩をわすれたか」

と、そうとなえると、へびは、先祖がわらびに命をすくわれたことを思いだして、悪さをやめるということです。

ものいう桜

久保華誉

いまから三百年ほどむかし、佐渡島でのお話です。ある寺のそばに、何十本ものしだれ桜がありました。
花の季節になれば、やわらかくしだれた枝にいっぱいの花がさきました。
村の人たちは、
「このしだれ桜は、佐渡で一番の美しさじゃ」
と鼻高だかです。うわさを聞いて、ほかの村からも花見客がくるほどで

した。きた人もみな、
「しずかに風にゆれる花が、なんともいえないねぇ」
「このしだれ桜は、日本一」
と口ぐちにほめました。
　ついには、えらいお侍も、家族や家来たちをつれて、毎年の花見にくるようになりました。小さな村のしだれ桜は、島中にしられる、桜の名所になったのです。
　さて、そんなある年のことでした。その年は、いつにもまして、しだれ桜が美しくさきみだれたのです。おおぜいやってきた花見の客も、
「今年はかくべつじゃ」

「しだれ桜の枝が、花の重みでたわむほどのみごとさよ」
と大よろこびです。
　ふだんはさびしい山の上ですが、たいへんなにぎわいになりました。女の人たちは、紅をさし、いい着物を着て、おしゃれをしてきています。子どもたちも、前の晩から作ってもらったごちそうのお弁当を広げてうれしそうです。男の人たちは、
「花が美しいと、酒が進むのう」

と酒盛りをはじめたりだしたり、歌を歌う人もいます。みな思い思いに花見を楽しんでいました。
やがて日がかたむきはじめたので、ほとんどの花見客が帰っていきました。それでも、宴会をつづけている人たちもいます。
「桜は、夕ばえが美しい」などといって、酒をくみかわしています。
だんだんうすぐらくなってきたそのときです。とつぜん、風がごおっとふいてきました。
「おお、なんて風だ」
「せっかくの花がちっちまう」
見あげると、雪のように花びらがはらはらとおちてきます。すると、

しだれ桜の中でも一番大きな、樹齢は二百年はこえるだろうという木から、声が聞こえたのです。
「花も今年かぎり、人びとも今年かぎりぞ、あら名残おしや、さらば、さらば」
その声は、せつせつとうったえるような悲しい声でした。そして、すすり泣きも聞こえてきました。いのこっていた人びとは、
「いまの声は？」
「桜が、ものをいったのかい？」
と顔を見あわせました。よいも一気にさめ、みな、あわててにげだしました。そして、

「花も今年でおしまいって、もうかれちまうってことか？」
「おいおい、そうしたら、『人びとも今年かぎり』って、縁起でもねぇ」
「しだれ桜は泣いてたぞ。おれたち、どうなっちまうんだ？」
と、きみ悪がりました。
翌日になると、きのうのあやしい声をしらない人たちが、日がくれてきても、いのこっていました。すると、大きなしだれ桜から、
「花も今年かぎり、人びとも今年かぎりぞ、あら名残おしや、さらば、さらば」
という悲しげな声が聞こえてきました。のこっていた人びとは、やはりあわてふためいてにげかえってきました。

そしてそのつぎの日もと、夕ぐれどきになるとふしぎな声が聞こえるのが三日つづきました。

はたして翌年には、あの一番大きなしだれ桜から、かれはじめ、つぎの木、またつぎの木とかれていったそうです。ついにはすべてのしだれ桜がかれてしまい、あとかたもなくなってしまいました。

そして、作物がとれず、うえ死にする人も出ました。あらそいもおこり、人びとも花見どころではなくなってしまったということです。

桜の木の下

大島清昭

恵理奈は、この四月から中学三年生だ。
（いよいよあたしも受験生！ だけど……）
受験勉強といっても、なにから手をつけてよいのかわからないし、どんな勉強方法がよいのかもわからない。そこで、恵理奈は塾にかようことになった。
それは、塾にかよいはじめて三日目の帰りのこと。

あたりはすっかりくらくなっていた。

「じゃあ、まったね〜!」

友人たちにさよならすると、恵理奈はすこしだけ遠まわりをして、K公園へむかった。

K公園は東北ではゆうめいな花見の名所で、この時期はちょうど桜が満開なのだ。江戸時代まではお城だったので、公園のまわりはお堀でかこわれている。そのお堀にそって、たくさんの桜がうえられていた。

(えへ。前から夜桜見たかったんだよねぇ)

夜の桜並木はライトアップされていて、とても幻想的で美しい。あちこちに花見客もいるから、公園のまわりは夜なのにわりとにぎやかだっ

た。
わずかにそよぐ風に、ふわりふわりと花びらがまう。
携帯電話で写真をとりながら、お堀のわきの道を進んでいくと、桜の木の下のくらがりに、髪の長い女の人が立っていた。
そこはもう公園のはずれで、花見客の姿もない。

女の人はひとりぼっちで、うつむいていた。うすぐらさと、長い前髪のせいで、どんな顔かはわからなかった。

（こんなとこでなにしてるんだろう？）

恵理奈はちょっとへんだなぁとは思ったものの、そのまま女の人の前をとおりすぎて、家に帰った。

その翌日の塾の帰りも、恵理奈はK公園の桜を見るためにより道をした。

ライトアップされた桜を見ているうちに、きのう見かけた女の人のことが気になった。

（まさか今日もいたりして……）

ほんの好奇心から、恵理奈はきのう女の人がいた場所に足をむけた。

すると……。

（やっぱりいた！）

今夜も、女の人は桜の木の下にうつむいて立っている。

近づいてよく見ると、なぜか、Tシャツにミニスカートという夏の服装だった。

（寒くないの？ それに……）

女の人は、全身ずぶぬれだった。

ぽたぽたぽたと、しずくがしたたっている。

(お堀におちたのかな？)
いやいや、それはないだろう。
(あんなとこにおちたら、とてもひとりじゃあがれないもんね)
女の人はうつむいたまま、じぃっとうごかない。
ぽたぽたぽたと、おちるしずくの音だけが、やけにはっきりと聞こえる。
(なんかヤバイ)
直感的にそう思った。
恵理奈がその場から立ちさろうとしたそのとき、女の人はこちらに気づいたらしく、ふいに顔をあげた。

くるしそうに、ゆがんだ表情だった。
それに、とても生きているとは思えないくらい青白い。
ほんとうだったら、くらくてよく見えないはずなのに、なぜかはっきりと見えた。
女の人は、口からごぼごぼと水をはくと、でろんと舌を出した。
恵理奈は、
「きゃあぁぁぁ！」
と悲鳴をあげて、その場からにげだした。

家に帰ってからその話をすると、母親は意外と冷静に、
「ソレ、きっと幽霊よ」
といった。
（ああ、やっぱり……）
あるていど予想していた答えだったけれど、ショックだった。
「何年か前の夏に、あのお堀で女の人の水死体が見つかったでしょ？　おぼえてない？」
そういえば、そんなことがあったような気がする。たしか、警察がいろいろしらべて、事故なのか、自殺なのか、殺人事件なのか、ずいぶん

とさわいでいたが、結局、いまだになにもわかっていないらしい。
「あれからね、死体が見つかった場所の桜の木の下に、女の人の幽霊が出るってハナシよ」
あの幽霊の青白い顔を思いだすと、きゅうに体がふるえた。
K公園の夜桜は、本当にキレイだと思う。しかし、恵理奈はもう一度夜のK公園に行く勇気が出ない。

もうすぐHRの時間です。でもまだ先生があらわれません。
「みんな、家庭訪問、どうだった？」
河童の一平がいいました。
「一平の家は、鬼丸先生だったんだよね」
とトイレの花子。
「うん。酸素ボンベをもってもぐってきたんだけど、話のとちゅうで酸素がなくなってきてね。つぎの日にはもっと大きいボンベをもってきたんだ。うちのお母さんはおしゃべりで話が長いから、鬼丸先生は『はあ』とか『ほう』とかいいながら聞いていたけど、そのうち、『酸素がなくなってきたので、このへんで』なんていって帰っていったよ」

「わたしのところへは、二宮金次郎先生がくるはずだったんだけど」
と幽麗華。

「くるはず、って、こなかったの？」
と魔女のまじょ子がたずねました。

「そうなの。予定の時間になってもこないから、お父さんがむかえにいったのね。そしたら、先生、墓地で気ぜつしてて、お父さんを見たら、また気ぜつしちゃったんだって。家へきても話ができないだろうと思って、お父さんは先生を墓地の外までおくっていったの。だから、うちは家庭訪問がなかったのよ。ひさしぶりに気ぜつするほどこわがられたって、お父さん、うれしそうだったわ」

先生が帰ったあと

「うちは、校長先生がきたよ。とくせいの悪夢のケーキを出したら、これはめずらしいって、食べていったよ」
といったのはバクのクースケです。
「おれなんか、部屋のかたづけが間にあわなくて、マンガとかゲームとか、たくさんあるのを見られちゃったよ。先生には『楽しそうな部屋だね』っていわれたけど、母ちゃんにはたっぷりおこられた」
と牛鬼のウシオがいいました。

「わたしのところは山姥銀子先生よ。お部屋をかいてきな温度にしておいたから、お父さんとゆっくりお話をしていったわ」
と雪娘のゆき子。
「銀子先生おそいなあ。もうとっくにHR(ホームルーム)がはじまっているよ」
と、一平がいったとき、ガラリととびらをあけて、山姥銀子先生が入ってきました。口さけ女先生みたいな大きなマスクをしています。

「ゴホゴホ。家庭訪問の期間が終わりました。ご家族と話をしく、みなさんのおうちでのようすをしることができました。ご家族と十分お話ができなかったところもあるようです。ですが、いろいろな事情で十分お話ができなかったところもあるようです。ゲホゲホ。そういうご家族とは、学校での面談のときに、たっぷりお話ししますよ。ゴホゴホゴホ。ひどい風邪をひいてしまってね。今日のHRはこれでおしまいです」

ハークション、と大きなくしゃみをして、銀子先生は出ていきました。

ゆき子ちゃんの家何度にしてたの？

解説

米屋陽一

みなさん、こんばんは。今夜の「オウマガドキ学園」の授業はいかがでしたか。三月は卒業式。卒業生をおくりだして一年が終わります。桜さく四月は入学式。新入生をむかえて新年度がスタートします。学年がひとつあがって、クラスがえがあって、新しい教室、新しい担任の先生、新しい友だちとの出会いがあります。「今年はやるぞ」と新たな気持ちになり、一年で一番学校中がキラキラとかがやきはじめるときです。

今日は**「始業式」**です。先生も生徒たちも講堂に勢ぞろいしました。河童巻三校長先生からは、恐怖の家庭訪問の話があり、鬼丸金棒先生からは、生活指導の注意がありました。家庭訪問と聞いた瞬間から、生徒たちはどの先生が自分の家にくるのか、ハラハラ、ドキドキ、ビクビクです。

1時間目の**「花見の約束」**は、うそのようなほんとうの話です。小川さん、広山さ

んはおたがい幽霊になっても死んだことに気づかずに花見の約束をしました。東日本大震災の津波の被災地でも、おなじように死んだことに気づいていない幽霊の目撃談を耳にします。被災地で話をしてくれたタクシーの運転手は、幽霊になって出てくる人は「自分が死んだということに気づいていないんですね」といいました。**「みくるまがえし」** は、ふしぎな桜の木の話です。おばあちゃんと孫の賢はおなじ夢を見ました。「桜きるばか、梅きらぬばか」といわれていますが、桜はきったりうえかえたりしてはいけない植物なのですね。夢の中にあらわれた女の人は、桜の木の精だったのでしょうか。

休み時間は、**「ドキドキ家庭訪問」** です。紹介するのは、「河童の一平の家」「幽麗華の家」「バクのクースケの家」「雪娘のゆき子の家」「火の玉ふらりの家」です。どんな事件がおきたのでしょうか。

2時間目の **「梅がさいたら」** は、韓国につたわる話です。ある王様は民家の庭に梅をうえて花をさかせてはならない、と命令しました。梅の花を意味するメファという

名の女性は、梅の木に話しかけます。すると役人がしらべにやってきたときに、梅は杏の花にかわりました。草木に話しかけると、きれいな花がさくといわれています。草木には人の気持ちがつうじるのですね。**「あまい香りのライラック」**は、中国の丁香花にまつわる話です。ひとり娘の丁香は母親が亡くなり継母をむかえましたが、まもなく父親も亡くなりました。その後、丁香は継母にきつかわれ、いためつけられて死んでしまいました。なきがらをとむらった場所からは、芽が出て紫の花がさきました。丁香花の由来を物語っています。

3時間目の**「麦畑をたがやす男」**は、イギリスの話です。ある農家の主にやとわれた男は、ふしぎな能力をもっていました。畑の土にさした棒のにおいで土のめざめをしり、畑をたがやしはじめ、麦のかり入れまでしたのでした。しかし、この男は援助者をよそおっている悪魔でした。主人の祈りの言葉が神様につうじたのでしょうか、悪霊は白い霧になってきえてしまいました。**「五月祭のおどり」**は、ドイツの話です。五月祭の七人のおどりは、ペストの恐怖から生きのこった人たちのいいつたえだった

のでした。

4時間目の**「白椿」**は、日本の昔話や伝説として語りつがれてきました。人魚の肉を食べてしまって八百年生きたという「八百比丘尼」の伝承されてきました。**「シダの花」**は、ロシアの話です。キリストの復活祭の晩にシダの花を手に入れると、一生しあわせにくらせるといつたえられていました。シダの花をさがしもとめる冒険談のようですね。せっかく見つけたのに手をのばすとパチンとはじけてしまいました。夢であったのか、夢になってしまったのか……。

給食の時間は、オーストリアの**「ふしぎな薬草」**です。母さんの病気をなおすために努力している娘のマリーのもとには、妖精から薬草がとどけられたのでした。

5時間目の**「猫おどり」**は、各地に伝承されている昔話「猫のおどり」の現代版といえるでしょう。

「へびとわらび」も、各地に伝承されている昔話「わらびの恩」と同系統の話です。山野でへびに出くわしたら、「わらびの恩をわすれたか」ととなえ

ると、難からのがれることができるという俗信と共通しています。

6時間目の**「ものいう桜」**は、新潟県の佐渡島にほんとうにあったとつたえられる話です。かれる前に遺言のごとく、「花も今年かぎり、人びとも今年かぎりぞ」と人びとにつたえたのでした。なんともせつない話ですね。**「桜の木の下」**は、幽霊話です。お堀で亡くなり、死体が見つかった場所が桜の木の下でした。幽霊が出るという場所や事故死した場所などは、生と死のさかいめです。亡くなった人と生きている人たちがかかわる場所、供養する場所なのです。

「帰りのHR」は担当の先生がくるまで、家庭訪問のときの話でもりあがっていました。ハラハラ、ドキドキ、ビクビクはすでに過去の話。子どもたちは訪問した先生をよく観察し、みごとな表現でハナシを作りあげました。子どもたちはハナシの名人なのかもしれませんね。あしたも元気に登校しましょうね。

怪談オウマガドキ学園編集委員会

常光 徹（責任編集）　岩倉千春
大島清昭　高津美保子　米屋陽一

協力

日本民話の会

怪談オウマガドキ学園
21 春は恐怖の家庭訪問

2017年4月10日　第1刷発行

怪談オウマガドキ学園編集委員会・責任編集 ■ 常光 徹

絵・デザイン ■ 村田桃香（京田クリエーション）

絵 ■ かとうくみこ　山崎克己

写真 ■ 岡倉禎志

発行所　株式会社童心社
〒112-0011 東京都文京区千石4-6-6
03-5976-4181（代表）　03-5976-4402（編集）
印刷　株式会社光陽メディア
製本　株式会社難波製本

©2017 Toru Tsunemitsu, Chiharu Iwakura, Kiyoaki Oshima, Mihoko Takatsu, Yoichi Yoneya, Kiyoko Ozawa, Kayo Kubo, Kimiko Saito, Eiko Sugimoto, Yui Tokiumi, Akiko Niikura, Satoko Mikura, Hiro Miyakawa, Masako Mochizuki, Momoko Murata, Kumiko Kato, Katsumi Yamazaki, Tadashi Okakura

Published by DOSHINSHA　Printed in Japan
ISBN978-4-494-01729-4　NDC913　158p 17.9×12.9cm
http://www.doshinsha.co.jp/

本書の複写、スキャン、デジタル化等の無断複製は著作権法上での例外を除き禁じられています。
本書を代行業者等の第三者に依頼してスキャンやデジタル化することは、
たとえ個人や家庭内の利用であっても、著作権法上、認められておりません。

もう読んだ？ 怪談オウマガドキ学園シリーズ

① 真夜中の入学式
「学校・夜・時間」の怪談

② 放課後の謎メール
「ケータイ・メール・ゲーム」の怪談

③ テストの前には占いを
「霊感・占い・予知」の怪談

④ 遠足は幽霊バスで
「乗り物・旅行」の怪談

⑤ 冬休みのきもだめし
「冬」の怪談

⑥ 幽霊の転校生
「幽霊」の怪談

⑦ うしみつ時の音楽室
「音・におい」の怪談

⑧ 夏休みは百物語
「夏」の怪談

⑨ 猫と狐の化け方教室
「動物」の怪談

⑩ 4時44分44秒の宿題
「数・算数」の怪談

⑪ 休み時間のひみつゲーム
「遊び」の怪談

⑫ ぶきみな植物観察
「植物」の怪談

⑬ 妖怪博士の特別授業
「妖怪・妖精」の怪談

⑭ あやしい月夜の通学路
「天気・天体」の怪談

⑮ ぞくぞくドッキリ学園祭
「体」の怪談

⑯ 保健室で見たこわい夢
「夢・ねむり」の怪談

⑰ 旧校舎のあかずの部屋
「建物」の怪談

⑱ 真夏の夜の水泳大会
「水」の怪談

⑲ 図工室のふしぎな絵
「色」の怪談

⑳ 妖怪たちの林間学校
「山」の怪談

㉑ 春は恐怖の家庭訪問
「春」の怪談

㉒ パソコン室のサイバー魔人
「スマホ・電話・パソコン」の怪談